Pour Toi pour moi

Numéro du livre dans la collection :

Textes de Bernard Brunstein

© Bernard Brunstein pour les illustrations - http://peinturedebernard.over-blog.com/

ISBN : 9782322102969

Nouvelle de Bernard Brunstein

Illustrations B Brunstein

Derrière le Miroir

Ce matin là!

Je m'appelle Mike Léo, américain par mon père, latino par ma mère, mon physique brun, comme un italien, américain qui aurait grandi trop vite, enfin en règle générale, je passe inaperçu. Je vis dans l'ouest américain une petite ville banale, où il ne se passe jamais rien!

Jusqu'à ce jeudi noir, il y a deux ans, où j'ai perdu mon emploi de pigiste au journal local. Je m'occupais des affaires étranges et inexpliquées, ce qui, dans ma région ne me donnait pas matière à écrire des articles tous les jours. Aussi, le patron m'a signifié qu'il était désolé, mais qu'il ne pouvait plus me garder récession oblige. A partir de ce jour, je me suis installé dans la déprime. C'est une longue histoire qu'un jour je vous raconterai. Ma femme n'a pas supporté et, oublié plusieurs années de mariage, elle m'a laissé. De tous mes amis, seul Peter est resté fidèle, l'ami d'enfance et aussi mon avocat, aujourd'hui à la retraite. Je le soupçonne toujours de continuer quelques activités en privé. Actuellement, je vis dans un motel, ce genre de pension bon marché, installé le long de la nationale. Il faut dire qu'avec le salaire que je gagne avec mes petits boulots de plongeur, d'homme à tout faire, je ne peux m'offrir que ces 14m² avec toilette sur le palier. Ma vie se résumait à ce fameux slogan «boulot métro dodo». J'avais l'impression de vieillir à vitesse supersonique.

Mes rares plaisirs étaient la lecture de poèmes d'auteurs européens et quelques fois, j'allais oublier devant un verre de bière, les aléas de la vie . C'est ainsi que j'ai rencontré John un samedi soir où après quelques verres nous nous sommes mis à chanter et à nous raconter nos vies. Ce soir là, je suis rentré, enfin je ne m'en souviens plus très bien, car c'est John qui m'a raccompagné.

Le lendemain, alors que la brume de mon cerveau commençait à se dissiper, quand on tapa à la porte. C'était John, accompagné d'une femme. Elle était belle comme une aquarelle, avec ses cheveux blonds qui mettaient en valeur ses yeux bleus.
« Bonjour ! »
« Excusez le désordre ! »
John sentit mon embarras.
«Nous sommes venus te chercher, on t'invite! me dit il» .
Peu de temps après, nous étions dehors en direction du centre ville. Et c'est comme ça que j'ai fait la connaissance de Bervely Cup's, sa compagne.
John m'avoua que lorsqu' il avait vu l'endroit où je vivais, il en avait parlé à Beverly, elle qui connaissait tout ce qui se vendait ou se louait en ville. Au cours du repas, j'ai appris que Beverly était responsable de la seule agence immobilière du coin. J'ai eu beau expliquer que, compte tenu de ma condition, je ne pouvais espérer autre chose que mon motel. Beverly eut un sourire et elle me dit :
« Léo tu permets que je t'appelle Léo, laisse moi faire. Fais moi confiance. Si John croit en toi, moi je ferai tout pour lui faire plaisir. »

Quelques mois passèrent, je finis par m'installer dans mes habitudes, oubliant cette conversation.
Lorsqu'un soir, après une journée harassante où j'avais déménagé un appartement au cinquième étage sans ascenseur, allongé sur mon lit, le téléphone intérieur sonna. C'était le gardien
 « Quelqu'un vous attend à la réception !» me dit il.
 Mon premier geste fut d'enfouir ma tête sous l'oreiller, puis une voix intérieure me dit
 «Allez bouge toi !»
Le temps de passer devant le lavabo pour me rafraîchir le visage et j'étais dans le hall.
 C'était John. « Viens dit il! Beverly a quelque chose à te montrer. » Sur le moment, j'ai eu envie de refuser, tellement mon corps réclamait le repos. Pourtant l'idée de revoir Beverly me poussa à suivre John. Assis dans son cabriolet, je me laissais guider à travers les rues de la ville, un peu somnolent. Je ne puis dire où il m'emmena. Il stoppa enfin. Le quartier était calme, un peu excentré. Le halo de la lumière des réverbères apportait une touche de sécurité.
« Allez viens !, viens ! » Me dit il. Je notais dans ma mémoire, le nom de la rue, Rue Saint John Perse. Serait-ce de bon augure, me dis-je , un poète ! John, s'arrêta devant le 13 de cette rue. Le portail rouillé grinça lorsqu'il le poussa en me disant « Regarde! »

Devant moi apparaissait une bâtisse de style colonial de deux étages. Le jardin à l'abandon semblait la protéger des intrus, tout en lui conférant une beauté sauvage. Beverly rompit le charme en criant de la véranda, « Venez! Venez! voir, à l'intérieur !. »

Nous remontions l'allée bordée de cyprès et, plus j'approchais, plus j'avais l'impression que la maison me parlait. Franchie la grande porte d'entrée, je débouchais dans un hall. Là, je suis resté un moment sans parler. Devant moi, un double escalier en bois s'élevait pour accéder au premier étage où se trouvait la chambre, comme une double invitation pour entrer dans l'intime, dans le cœur de cette maison.

 Au rez de chaussée, à droite du hall, un grand séjour les murs habillés d'étagères remplies de livres anciens. Tout, fauteuil, table basse, canapé, étaient restés en place, couverts d'un drap blanc, comme si la maison s'était endormie.

L'atmosphère était pesante. Seuls les battements de mon cœur venaient troubler le silence. John et Beverly s'étaient retirés pour me laisser m'imprégner de ce trouble, de cette communication entre la demeure et moi. Comme appelé, attiré, je gravis les escaliers. Les marches grinçaient sous mes pas. Je débouchais sur un petit vestibule donnant a la fois sur la salle de bains et la chambre.

Celle-ci inondée de lumière, ressemblait au poste de pilotage d'un paquebot. Sur le sol, un parquet de chêne laissait entrevoir la place qu'occupait le lit. Seul meuble disparu, comme si les occupants avaient emporté avec eux leurs pages d'amour.

Sur le mur, juste en face, un grand miroir où le tain laissait entrevoir les marques du temps.

Je ne sais pas pourquoi je me suis retrouvé assis par terre, au beau milieu de ce lit virtuel, face au miroir. J'écoutais la maison qui me murmurait des sons que je comprenais. Méditation de courte durée, car John me cria « Alors, qu'en penses tu? »

Il me fallut quelques minutes pour revenir à la réalité.

« C'est génial ! Mais je ne sais si je pourrai m'offrir cette merveille. » leur répondis je.

« Pas de problème » renchérit Beverly, « si elle te plaît, elle est a toi. »

Quelques mois passèrent et je me retrouvais au beau milieu de mes cartons dans cette maison avec qui j'avais eu quelques échanges mystérieux. Le salon, débarrassé des draps qui recouvraient les meubles, me sembla plus grand et plus lumineux. La chambre confirma ma première impression de poste de pilotage de navire. Par les baies, le jardin s'offrait à ma vue.

Mon lit trouva sa place naturellement sur les marques laissées sur le sol. Tout, dans cette maison, semblait attendre ma venue. Je prenais connaissance des moindres recoins de mon nouvel environnement. La première soirée fut longue. Je restais des heures dans le salon pour découvrir les livres laissés dans la bibliothèque. Tous les grands poètes Français étaient là, Rimbaud, Ronsard, Hugo et tant d'autres. Je prenais un plaisir charnel, comme un amant, à caresser les couvertures de cuirs usées par les lecteurs. Et le soir, je m'endormais bercé par les rimes et la musique des mots.

Le temps passa. La maison était en train de m'adopter, plus que moi de m'adapter. John et Beverly passaient me voir, de temps en temps.

La maison continuait à me parler, bruits insolites, portes et planchers qui grincent. Comme si quelqu'un se déplaçait dans les autres pièces.

Quand j'étais au salon, les bruits venaient du haut et le soir, dans ma chambre ça venait du bas. N'étant pas d'un naturel peureux, je m'obligeais à vérifier qu'il n'y avait

personne. J'étais seul. Aussi petit à petit, je m'accoutumais à ce langage. Jusqu'à ce mercredi du mois de Mai.

    Ce matin là, je m'étais levé, comme d'habitude, le cœur léger! La radio diffusait un morceau classique la sonate en si mineur de Litz   Je m'apprêtais à me raser, lorsque, je la vis comme un reflet dans le miroir, elle m'apparût, image incertaine, flou« Hamiltonien » bordé de buée. Sans savoir pourquoi, cette image se grava dans ma tête, comme un vieux refrain qui tourne et tourne sans s'arrêter. La journée se passa sans encombre avec, pourtant, une légère angoisse, un mal être non défini.

Le soir, je voulus en avoir le cœur net. Je me précipitais, sans prendre le temps de poser ma veste, devant mon image sur le miroir qui ne pouvait, que me dire la vérité. Elle était là, elle m'attendait ! Moi, elle, nos deux visages, comme un tableau dont les couleurs se mélangent. Elle m'absorbait. Je n'étais plus moi-même, homme femme, j'en perdais mon identité et mon intimité.

 D'un coup d'éponge, j'effaçais ce monde abstrait, ombre et lumière de mon imaginaire, au parfum sulfuré. Je restais là, seul face à moi-même, à me poser les questions, sur le sûr, le doute, le chemin, la route, ne pas se tromper de direction. La nuit étendait son manteau, et me surpris un peu penaud, de ne pas comprendre. Etait-ce un rêve ou une réalité? L'image s'était estompée. Les jours passèrent où je retrouvais le moi de naguère, sûr et insouciant en ce monde confiant. Ah! qu'il est bon de profiter, de sa jeunesse sans compter. De croire, que notre histoire dure éternellement, bloquée sur la saison printemps.
Bien sûr je n'en parlais à personne. Qui aurait pu croire a cette histoire? John et Beverly vinrent souvent, pour voir comment je m'étais installé et leur présence comblait aussi le vide de ma vie. Nous passions de longues soirées à refaire le monde et à parler de poésie. Je finissais par croire que j'avais rêvé et que ma solitude me jouait des tours.

Pourtant, un autre matin, le ciel était couleur chagrine. La radio diffusait la sonate au clair de lune de Beethoven. Musique douce et romantique qui, comme un avertissement du temps, me donnait du vague à l'âme. Et je ne sais pourquoi en m'approchant de la glace, pour récupérer mon téléphone, l'espace d'un instant je la vis !. Elle était là, ses grands yeux verts, le feu de ses cheveux, m'attiraient un peu comme un aimant, vers ce miroir sans tain qui semblait dire aujourd'hui, demain !

Ma raison, en sommeil, aurait du crier « Réveil-Toi ! » Rien, je me laissais griser par ce mirage, oubliant le moment présent. Tout mon être, hésitant sur le peut-être, recherchait l'explication de cette apparition. Un bruit et un cri au dehors, me sortirent de ma langueur. C'était Peter mon ami, mon confident qui tambourinait à la porte. J'avais oublié notre rendez-vous. Je me retournais vers le miroir. Un reflet de couleur or, renvoyait mon image frappée de stupeur.

Reprenant mes esprits, je m'habillais prestement et je me surpris, à sourire en pensant à cette fille irréelle qui jouait avec mon cœur. Etait-ce un ange qui cachait ses ailes ?. J'en oubliais la ronde des heures, qui marque notre vie. Etais je amoureux, avais je besoin d'un « psy » ?

J'avais envie de crier « Miroir, miroir magique , explique moi, donne moi, une raison logique ». L'argent de sa surface fut comme un silence de glace, me laissant seul désemparé à la recherche de ma vérité.

Je me confondis en excuse auprès de Peter et nous partîmes pour la visite au musée d'une exposition sur le trésor des scythes, un peuple nomade indo-européens ayant vécu au VIIème et IIIème siècle av JC.

Peter avait tout préparé, la documentation les billets et même le pique-nique .Dehors, un soleil printanier inondait la ville .L'exposition était magnifique, mais je ne pouvais chasser de mon esprit l'image de cette femme. Cela devait se voir car Peter me demanda à plusieurs reprises «ça va ? Tu n'as pas l'air dans ton assiette ».

« Si, si lui dis je, pas de problème ne t'inquiète pas !

Je ne sais pas si c'est la maison qui me porte chance, mais je ne t'ai pas dit !j'avais répondu à une annonce de professeur de Français dans une école privée à deux pas de la maison. J'ai eu la réponse, c'est OK »

Ma vie reprend tranquillement sa route !

Peter me lança « On va fêter ça ! ».

L'amitié c'est un merveilleux cadeau que la vie nous fait.

J'appelais John et Beverly !

« Hello êtes vous libres ? »

On se retrouve au Pub! Pour fêter ma nomination au poste de professeur.

John me dit "OK, j'avertis Beverly! A plus »

Nous nous retrouvâmes autour d'un gin. Je présentais John et Beverly à Peter. Le feeling passa tout de suite .Il faut dire que nous nous sommes trouvés de nombreux points communs. La poésie l'histoire …..

De retour, tard dans la soirée, dans le calme de la maison, je retrouvais les questions à mes problèmes. J'ai passé des heures à me regarder. J'en devenais narcissique, imaginant dans les moindres reflets la présence fantomatique de cette femme..

Peut-on, d'une image, d'une apparition immatérielle tomber amoureux ?

Changer sa vie? Oublier, effacer le passé sans être meurtri. Mille questions se bousculaient dans ma tête sans avoir les réponses. Se souvenait-elle de moi ? M'avait elle aperçu ? Qui ? Que ? Quoi ? Se posait elle des questions sur notre histoire sur son début. J'en devenais triste et malheureux, l'angoisse de me retrouver, face à mon délire.

Un soir ! un matin ! ne voulant plus lever les yeux vers ce cercle de lumière, de peur de ne plus trouver ce que mon cœur espère. Je mis sur le miroir un grand tissu opaque, écran éphémère à mes interrogations.

Le temps passait, occupé par mon nouveau « job » auquel je prenais plaisir à préparer mes cours. Ce travail me permit de reprendre ma vie, là ou je l'avais laissée. Passionné par l'histoire, j'aimais faire des recherches, des enquêtes sur les histoires oubliées et surtout écrire des poèmes que je n'ai jamais publiés . Tout était tranquille pourtant. Ce fut un lundi ou, je ne sais plus quel jour de la semaine. C'était un jour férié, je ne travaillais pas! Je ne sais plus de quel pays on fêtait la souveraine. Ma radio, éternelle compagne, juste après la météo, jouait la Sonate pour piano en ut majeur de Franck Schubert.

Mon regard, ne l'avait pas tout de suite aperçu. Regarder la glace, je me l'étais défendu. Le tissu laissait apparaître un coin du miroir. Etait-ce le vent , un vilain courant d'air qui avait soulevé comme les jupons d'une fille, une part de ce monde interdit. Elle était là, auréolée d'une lumière fantastique. Que recherchait-elle ? Pas un mot, pas un appel. Vers quoi, vers qui voulait-elle m'entraîner, dans un cercle infernal, à la recherche de mon idéal, ou tout simplement m'aider ! Vision, illusion de mon monde, je perdis la notion du temps, passé, présent. Obsession de mon imaginaire, j'avais besoin de son mystère, de sa présence. Sur mon esprit, elle prenait l'ascendance. Je fis un bond pour la rattraper. Dans ma précipitation je ne vis pas le miroir. Je l'avais traversé comme on plonge dans un élément liquide, passage translucide vers un autre monde. La peur me fit m'arrêter. Comment pourrais-je retourner ? Pourrais-je à nouveau traverser, cette frontière magique. J'étais partagé entre la poursuivre, euphorique, un peu ivre, vers ce chemin inconnu. Etais- je le bienvenu ?. Profitant de mon hésitation, elle disparut au-delà de mon regard dans un paysage enveloppé d'un halo blafard, dans lequel, toutefois, je pénétrais, incertain et confiant à la fois, car je savais qu'elle me guidait. Pourtant après quelques mètres, je retournais sur mes pas.

Le retour fut inexpliqué. Je me retrouvais assis à mon bureau la tête posée sur mes dossiers. Depuis combien de temps étais-je la ? La nuit tombait sur la ville. Qu'elle heure était il, au delà du miroir, porte fragile, ouverture vers mon savoir. La lune, par la baie éclairait l'intérieur de ma chambre. Il me fallut plusieurs minutes pour retrouver mes esprits. J'allumais la lampe de mon bureau et j'allais prendre deux cachets dans la salle de bain, car je sentais un début de migraine qu'il fallait que je stoppe rapidement. De retour dans ma chambre, je retrouvais mes piles de papiers, concernant mes enquêtes inachevées, mes articles. J'avais tout emporté lorsque j'avais été licencié. Un dossier jonchait le sol. Etait-ce moi qui l'avait renversé lors de mon retour d'au-delà du miroir ? Il concernait une vieille histoire de deux à trois ans en arrière, la disparition mystérieuse d'une professeure agrégée de lettres, professeure de musique du lycée de la ville. J'avais fait alors un article pour le journal sans m'y intéresser vraiment à l'époque, d'autant que l'affaire ne fut jamais résolue et que la police avait conclu à une disparition volontaire et l'avait classée sans suite. Etait-ce le fait de tout remettre en place, mais je me mis à relire les rapports de police me disant que peut-être, j'avais laissé passer un indice qui aurait pu expliquer ce mystère. Il se faisait tard, je laissais là mes lectures, pour rejoindre , Morphée.

Les jours passèrent. Le miroir resta de glace. Tous les soirs je restais sur place, essayant de forcer le destin. Je fixais le miroir, espérant l'apercevoir. J'avais peur de ne pas être présent au rendez- vous de son image diaphane. La présence de cette femme, me troublait au plus profond de mon âme. Il fallait que je trouve qu'est ce qui unissait cette maison, cette femme et moi . Qui avait choisi l'un ou l'autre ? Combien de temps a duré mon attente ? Mon cœur battait la mesure, d'une musique angoissante. Avais-je péché. d'un excès de fierté ! Moi, qui ne croyais plus en rien, je me surpris à prier. Je ne sais plus à quel dieu me vouer. J'aurais vendu mon âme au diable pour la retrouver. Je désespérais, et m'en voulais de n'avoir pas su lire le message qu'elle m'avait envoyé. Les journées passèrent, tristes et austères. Je me plongeais à corps perdu dans mon travail. Les enfants m'apportaient de grandes satisfactions. J'avais apporté une innovation dans mes cours, en associant, avec l'accord du directeur, la musique et la poésie. Je lisais des poèmes et les enfants devaient me dire à quelle musique nous pouvions comparer la lecture de ces textes. La musique classique était souvent celle qui s'accordait le mieux et en particulier les sonates.

Un soir, alors que le soleil se couchait, au delà de la vue, la surface du miroir ondula comme agitée par une brise légère. Tous mes sens à l'affût, je me cachais de peur d'être vu. Comme un chasseur en poste, j'attendais, j'espérais. Mais la brise cessa et le calme subitement s'installa, me laissant seul avec mon image, tourmenté comme un soir d'orage.

Pour m'occuper l'esprit, je repris la lecture du dossier laissé sur mon bureau. Ce soir là, je fis une découverte qui m'interpella.

Sur le rapport de police, il était écrit que la personne disparue professeure agrégée de français et de musique, habitait au 13 rue Saint John Perse, chez moi aujourd'hui. Je relus plusieurs fois pour être sûr de ne pas avoir fait d'erreur apprenant ainsi son nom Patty Beach et son âge 45 ans. Je restais des heures à lire et à relire les feuillets du rapport. Ce fut une lueur, présence de vie tout au fond de mon cœur, qui me donna le code.

Et je sus, dans mon intime conviction, que cette femme et l'apparition du miroir, ne faisait qu'une et que l'amour était la clé qui pourrait m'ouvrir les portes de son secret..

Fort de cette connaissance, je décidais, d'affronter, faisant fi de toute prudence, cette épreuve que la vie me donnait. Une épreuve parmi tant d'autres. Message discret, il ne fallait pas me tromper.

Le lendemain, je téléphonais à Peter. Il n'était pas là. Sa secrétaire Esther me répondit !

« Me Peter est en réunion »! je lui répondis « dites à monsieur que c'est son ami Léo qui le demande de toute urgence et que c'est très important ».

Elle me répondit « Ne vous inquiétez Mr Leo je m'en occupe ».

Quelques instants après, Peter m'appela « Alors Leo qu'est ce qu'il t'arrive ? » « Il m'arrive que je suis amoureux..... »

« Et c'est pour ça que tu me déranges » dit-il en riant.

« Oui mais amoureux d'une disparue ! »

Peter me répondit « Attends, j'arrive avec Esther! » Quelques instants après, ils sonnaient à ma porte. Installés tout les trois dans le salon, je leur racontais, mon histoire, en omettant volontairement de leur raconter mon passage au delà du miroir, car je savais que Peter m'aurait empêché par amitié de continuer. J'étalais sur la table les documents qui étayaient, ma découverte. Peter me conseilla la prudence. « Ne t'emballe pas dit il, ce n'est qu'une hypothèse de travail ! N'est ce pas le fruit de ton imagination qui veut à tout prix, que cette, comment s'appelle telle, Patty Beach Soit en relation avec tes visions ?

Ne ferais-tu pas un transfert ? Tu as été secoué ces derniers temps. Va doucement » .Peter me parlait en toute amitié, comme un père à son fils, j'en étais même à me demander s'il n'avait pas raison. Quand Esther, qui était restée silencieuse, prit la parole, à notre grande surprise, car en général, elle évitait de prendre part aux discussions et encore plus de donner son avis. Elle s'adressa à moi. « Je ne suis pas de l'avis de Me Peter ! A l'écoute de votre récit et des éléments du dossier, il me semble que je peux, établir un lien entre les deux personnes. Bien sur il y a encore de nombreuses zones d'ombre à éclaircir. Et si Me Peter me le permet, je pourrais demain, faire une synthèse qui nous permettra de commencer à démêler cette histoire. Peter, connaissant le sérieux de sa collaboratrice, lui donna son accord.

Nous nous quittâmes, en nous donnant rendez vous pour le lendemain samedi en fin d'après midi. Toute la journée je fus nerveux. J'avais hâte d'écouter ce qu'Esther avait à dire. Enfin, ils sonnèrent à la porte, leur sourire me laissa penser que les nouvelles étaient bonnes. Contrairement aux habitudes, ce fut Esther qui parla et Peter qui écouta. Esther fit un rapide rappel de l'histoire de la disparition mystérieuse, de Patty Beach. Puis chose a la quelle je n'avais pas pensé : un parallèle entre Patty et Moi. Ainsi elle mis en évidence les similitudes de nos sensibilités envers la poésie et la musique, de nos lieux de vie, cette maison qui m'avait tant parlé, et de notre profession aujourd'hui j'étais professeur de Français et je m'intéressais à la musique.

Le travail d'Esther ne s'arrêta pas, à ce qui pour elle était devenu une évidence. Elle chercha les liens cachés qui pouvaient nous unir.

Pour cela, elle émit plusieurs hypothèses, dont une me donna à réfléchir. Lorsqu'elle aborda le moment des apparitions.

Peter écoutait. Je voyais sur son visage une expression d'admiration pour ce travail de synthèse réalisé en si peu de temps par sa collaboratrice.

Elle me dit « C'est drôle mais, à chaque fois qu'elle vous est apparu, la radio diffusait une sonate. Enfin c'est ce que j'ai retenu de votre récit ! Peter très cartésien réagit ! « Il suffit d'en mettre une sur la chaîne et nous verrons bien. »

Nous montâmes dans la chambre. Tous les trois, assis sur le lit, face au miroir, la Sonate pour piano n° 14 de Beethoven en fond sonore, nous attendions, espérant démontrer la théorie d'Esther .Mais le miroir ne renvoya que notre image.

Nous descendîmes, déçus. Peter semblait dire « Vous voyez j'avais raison », mais il resta silencieux. Esther restait perplexe. Elle me dit « je suis sûre de ma théorie mais il me manque un élément. »

Moi, qui pendant un moment avais été confiant, je commençais à désespérer.

En me quittant, Esther, me dit « Je vous appelle demain. »

Le lendemain, à la première heure, le téléphone sonna. C'était Esther. « Bonjour Mr Leo, je n'ai pas dormi de la nuit, mais je pense avoir trouvé l'explication de l'échec d'hier et une piste qui pourrait résoudre notre énigme. » Tout d'abord, ces apparitions ne s'adressent qu'à vous. Hier, devant nous, l'expérience ne pouvait pas marcher.

Néanmoins, la musique classique et, en particulier la sonate, est l'élément déclencheur qui va vous permettre, peut être d'entrer en contact avec cette personne?

Je faillis lui dire que j'étais déjà rentré dans son monde. Un excès de prudence me dit « Non! Ne parle pas ».

« D'autre part, continua-t-elle, je me suis penchée sur la personnalité de cette professeure et j'ai découvert, qu'elle avait écrit un recueil de poésies, « Que le vent des étoiles » tiré à une centaine d'exemplaires et qui n'est plus disponible en librairie aujourd'hui. La poésie, m'a rappelé que vos élèves de l'école faisaient le parallèle entre les poèmes et les sonates. Si la vérité sort de la bouche des enfants nous tenons peut être, la clé de votre mystère. Voila Mr Leo où m'ont entraînée les délires de la nuit.

Je ne sus comment la remercier de ce travail qui m'ouvrait les portes de ce monde inconnu.

La semaine passa sans le moindre incident jusqu'au Dimanche matin. Je m'étais levé de bonne heure pour vérifier la théorie d' Esther. A peine les premières notes de la sonate envahissaient la chambre que, dans un grand fracas, la porte avec le monde de l'au-delà du miroir s'ouvrit, secouée par un violent courant d'air. Les deux battants s'écartèrent, comme une invitation. Sans aucune hésitation, je bondis à l'aventure, dans ce monde virtuel.

À la recherche de mon itinéraire, je vis posé comme des bornes milliaires, des petits bouts de papiers, qui semblaient m'indiquer le chemin, vers je ne sais quel destin. J'en pris un au hasard, pour lire son contenu. Je fus surpris d'y lire un poème de Ronsard:

« Bonjour mon cœur, bonjour ma douce vie. Bonjour mon œil, bonjour ma chère amie, Hé ! Bonjour ma toute belle, Ma mignardise, bonjour, Mes délices, mon amour, Mon doux printemps, ma douce fleur nouvelle, Mon doux plaisir, ma douce colombelle, Mon passereau, ma gente tourterelle, Bonjour, ma douce rebelle ».

Je le lus et relus, pour comprendre sa signification. Etait-ce pour moi ?.

Mon esprit troublé, avait besoin de se poser pour analyser le sens de ces mots qui, apparemment, s'adressaient non pas à moi, mais à elle. Avide, je ramassais les autres messages. Le suivant contenait un coloriage, du bleu du rouge, des verts couleurs messagères. J'avais beau le regarder en transparence, il gardait pour lui son silence. Le troisième, sous les vers de Rimbaud, semblait me donner à travers ses mots l'indication de ma destination.

« Par les soirs bleus d'été, j'irai dans les sentiers, Picoté par les blés, fouler l'herbe menue :
Rêveur, j'en sentirai la fraîcheur à mes pieds. Je laisserai le vent baigner ma tête nue. »

Il fallut au départ que je puisse traduire, pour pouvoir conduire, mes pas vers elle qui fuyait loin de moi. Elle marchait là sur le chemin. Je pouvais sentir son parfum, mais d'un revers de sa main, elle me chassa comme un opportun. N'osant plus bouger de peur de la déranger, mon regard se perdait vers l'horizon. Mon esprit enfermé dans sa prison, se heurtait à cette incompréhension de l'alternance entre l'attirance et le rejet de ma passion. Je restais là, les mains sur la tête. Je regardais la ligne droite qui sépare mes deux mondes, l'un bien réel, l'autre virtuel. Ligne qui nourrit mon imaginaire d'images et de mots entendus.

Comme un enfant puni, les mains sur mon visage, j'essuie les larmes qui tracent sur mes joues l'écriture de mon âme où tout se mélange le vrai, le faux, difficile imbroglio, j'ai envie d'être seul! Devant l'impossible, je baisse les bras, j'aurais voulu juste entendre, un mot pour enlever ce goût amer de l'infini tristesse, qui envahit mon cœur. Le retour dans mon monde fut difficile. Je ne voulais pas perdre le fil, mais je ne pouvais rester là plus longtemps. De nouveau sans comprendre, dans le miroir, je revis mon visage, où tout avait disparu. Seule une barbe naissante m'indiquait les traces laissées par l'horloge du temps. Assis à mon bureau, je repris de mémoire les indices qu'elle m'avait donnés pour essayer de comprendre.

 Le premier, qui m'avait semblait s'adresser à elle , était en réalité une déclaration, sa déclaration. Elle me disait, qu'elle m'aimait :

« Bonjour mon cœur, bonjour ma douce vie. ».

Que ces mots furent pour moi, source de chaleur, source d'espoir d'un possible amour partagé. Mais pour le deuxième, que voulait dire ce coloriage de bleu, de rouge et de vert ?J'ai eu beau rechercher la signification des trois couleurs, il garda son mystère. Le troisième, il me fallut un temps pour en comprendre le sens. Me rappelant les propos d'Esther disant que Patty avait écrit un recueil de poèmes dont le titre était « Quand le vent des étoiles ».

Les vers de Rimbaud « Par les soirs bleus d'été, j'irai dans les sentiers,… »prirent alors toute leur signification, devinrent pour moi limpides. Les soirs bleus d'été, loin de la ville, dans les sentiers où l'on voit les étoiles. Oui la clé de notre histoire se trouvait dans son livre. Me souvenant que le livre n'était plus disponible en librairie , je décidais que dès le lendemain, je me mettrais en quête de le retrouver. A la fin de mes cours, je me lançais dans la visite de toutes les librairies anciennes de la ville. La semaine passa, peine perdue, le livre gardait son mystère.

Seul, je n'y arriverai pas. Aussi, j'appelais John, Beverly, Peter et Esther pour une vaste recherche sur le thème « SOS livre perdu ».A John et Beverly, je racontais que j'avais besoin de ce livre pour une thèse, et que je leur serais reconnaissant, s' ils le trouvaient. Peter et Esther gardèrent le secret. Tous m'assurèrent de leur soutien dans cette recherche. Les semaines passèrent, je n'avais pas de nouvelles. Même sur internet, je faisais « chou blanc ». Je devenais nerveux, je savais que la solution était dans ce livre, un soir le téléphone sonna « Allo, c'est Beverly, comment vas-tu ? Dis moi pour ton livre de poésies, as tu des nouvelles ? Je lui répondis que non et que je commençais à désespérer. Elle me répondit qu'elle ne l'avait pas trouvé, mais avait trouvé l'éditeur. C'était une petite maison imprimeur éditeur, les établissements Livre'S. « Je me suis dis, que peut être, ça pourrait t'aider ? Mais c'est tout, je n'ai même pas l'adresse ».

Mon cœur fit un bon, enfin une piste. Je quittais Beverly. Je lui dis que je l'aimais, enfin je ne sais plus et je crois qu'elle non plus ?. Le lendemain, je me lançais à corps perdu dans la recherche de tous les Livre'S de la ville. Et là, dans l'annuaire, en lettres grasses, je trouvais « Etablissements Livre'S Imprimeur Créateur », leur adresse et le numéro de téléphone. Je notais tous les renseignements sur mon carnet en me disant que ce soir après les cours, ce serait ma mission !. Il va sans dire que la journée fut longue. Je n'avais qu'une idée en tête les établissements Livre'S . Enfin 17 heures arriva et je me retrouvais dans le bus en direction du centre ville, à la rencontre des établissements qui pourraient peut être répondre à mes recherches.

      L'imprimerie se situait dans une impasse tout au fond d'une cour. Sur la porte de bois en lettres majuscules «Atelier Entrez sans frapper», et en entrant, je croisais les doigts, en espérant dit trouver la solution à mon histoire. « Bonjour » ! Une jeune femme blonde assise derrière un bureau sur lequel était marqué accueil me répondit. « Que puis je faire pour vous ? » Je lui racontais le but de ma venue. Comme toujours dans ces cas là. Elle me dit : « Attendez, je vais appeler la responsable ».

Au bout de quelques minutes, une grande femme à l'abord revêche, m'interpella «C'est pour quoi?»

De nouveau, j'expliquais à cette dame, que je recherchais un livre de poèmes dont je connaissais le titre et qu'il se pourrait qu'il ait été imprimé dans son établissement.

« Oui, me dit elle, comment se nomme votre livre ?» Je ne sais pourquoi, mais lorsque je lui dis le titre «Que le vent des étoiles» le visage de mon interlocutrice, qui dans un premier abord semblait fermé, s'illumina d'un large sourire.

« Je me souviens me dit elle, de cette dame et de la réalisation de son livre. Quelle aventure ! Nous devons en avoir un ou deux dans nos archives, normalement nous gardons toujours un exemplaire de nos réalisations ». Mon cœur se mit à battre enfin, j'étais prés du but.

« Je reviens » me dit-elle ! Après quelques minutes qui me parurent une éternité, elle revint avec dans ses mains le manuscrit tant désiré. « Oui, nous en avons bien un, mais je ne peux vous le céder. Ni même vous le prêter sans l'autorisation de l'auteur. Mais, par contre, vous pouvez le consulter ici sans problème. Vous pouvez vous installer ici, c'est notre salle d'attente et pour vous de lecture ».

Je restais de longues minutes, le livre serré contre mon cœur. Sur la couverture, un magicien rouge, entouré de colombes bleues sur un grand tapis vert. A sa vue je fis le rapprochement avec le deuxième billet, le coloriage de bleu, de rouge et de vert, qu'elle m'avait laissé. J'ouvris le livre avec délicatesse comme si je tenais une relique précieuse. Cent quarante pages de poésies. Comment, les lire ? Où trouver la réponse ? J'étais là, plongé dans mes réflexions lorsque mon hôtesse, vint me dire qu'elle était désolée, mais que l'imprimerie allait fermer. Mais que je pourrais revenir quand je le voudrais et que le livre serait toujours à ma disposition. Je rentrais heureux de ma découverte. Mon repas fut rapidement avalé et je me plongeais dans la lecture d'une histoire romancée de la mythologie grecque. Ma nuit fut agitée peuplée de poèmes, d'odyssée, de monstres mi-homme, mi-humain. Le réveil fut pour moi une délivrance. La journée fut longue et je n'arrivais pas à me concentrer sur mon travail, mes pensées allaient vers ce livre qui devenait mon obsession. Tous les soirs de la semaine je devins le visiteur privilégié de l'imprimerie Livre'S. Ils m'avaient aménagé mon coin de lecture. Je devenais un ami. J'eus du mal à aborder ce livre. Comment ? Ou se cachait la clef de son mystère ? Plus je lisais et plus j'avais l'impression de rentrer dans un labyrinthe de mots, de phrases.

Chaque lecture m'entrainait dans des impasses, de fausses pistes qui semblaient vouloir me perdre et me ralentir dans la recherche de la vérité. Après une semaine, je n'avais toujours pas trouvé la solution.
Le samedi soir, je m'apprêtais à plonger dans un bain réparateur, lorsque la radio grésilla. Je m'approchais pour tourner le bouton de réglage quand la sonate de Vinteuil, œuvre musicale pour violon et piano se fit entendre. Je me précipitais alors dans la chambre, face au miroir. Elle était là. Sans hésitation, je bondis vers elle. De nouveau, je me retrouvais au delà du miroir. Elle, elle avait disparu. Devant moi un long couloir qui semblait mener nulle part. Tout au fond, une lumière m'attirait comme un aimant et semblait me faire perdre la réalité de l'instant. En dehors de ce couloir, aucune issue possible. Où étais-je ? Où était-elle ?

Comme la fois précédente des morceaux de papiers jonchaient le sol. Je les ramassais et, pris d'une peur panique, je rebroussais chemin. Me retrouvant dans ma chambre, le bruit de l'eau dans la salle de bain me fit retrouver le sens des réalités. Le miroir s'était refermé avec lui son secret. Un jour passa lorsqu'au fond de ma poche, je retrouvais les papiers témoins bien réels de ce monde virtuel. Vite je les dépliais sur ma table pour les lire. La encore, c'était sous la forme de vers de Renée VIVIEN, qu'elle s'exprimait.

« J'erre au fond d'un savant et cruel labyrinthe...
Je n'ai pour mon salut qu'un douloureux orgueil.
Voici que vient la Nuit aux cheveux d'hyacinthe,
Et je m'égare au fond du cruel labyrinthe,
Ô Maîtresse qui fut ma ruine et mon deuil. » Ce message fut une révélation. Sa compréhension fut pour moi évidente. Elle était prisonnière d'un labyrinthe. Combien je fus stupide d'avoir douté de moi. Comme un effet miroir, elle me renvoyait à son livre et moi, j'avais été aveugle et je n'avais pas su découvrir la clé qui devait me mener vers elle. Le lendemain, je ne travaillais pas. Je me précipitais dès la première heure aux l'établissement Livre'S. Le personnel n'était pas encore arrivé. Il me trouvère assis devant la porte. « Nous allons vous embaucher plaisanta la responsable. « Venez prendre un café et je vous apporte le livre ». Je me retrouvais de nouveau devant le livre. Je relus le sommaire pour essayer de trouver un indice qui m'aurait échappé.

C'est le titre « l'Amour ne peut disparaître » qui attisa mon intérêt. Je lus les vers à haute voix pour à la fois les comprendre et les entendre.

« L'Amour ne peut disparaître

C'est le fil invisible qui unit deux êtres

Il s'endort comme dans un conte de fées

Un an, dix ans pour enfin se réveiller

Au souffle léger, d'un tendre baiser

L'Amour ne peut disparaître

Il est ! Il doit être »

Bien sûr, le fil invisible, ce fil qui comme le fil d'Ariane allait me permettre de suivre, retrouver et sortir du labyrinthe. Confiant dans ma découverte, je quittais les établissements, après avoir copié la totalité du poème, pour vite rentrer chez moi. Je montais directement dans la chambre. Sur la chaine, la sonate au clair de Lune était prête des les premières mesures le miroir s'éclaira. Comme à l'imprimerie, je lus les vers à haute voix. Mes mots, rebondissaient sur ce miroir sans tain. J'étais à sa merci. Je ne devais plus me mentir, abrité derrière un masque. Elle m'a testé, m'a entraîné sur des chemins de traverse. J'étais comme un esquif emporté par le courant, tourbillon de mon moi. Je relus et relus ce poème.

Comme ces mots étaient doux à mon oreille. Tout prenait un sens, tout devenait clair. J'étais dans un état euphorique. Je franchis la frontière de ce monde virtuel, confiant ! Je la vis. Elle souriait. Je m'enfonçais dans ce couloir en prenant soin de laisser glisser ma main sur le mur comme pour laisser une trace, ma trace. Je ne sais au bout de combien de temps, elle fût là, devant moi, bien réelle, ses cheveux longs de couleur auburn, encadraient son visage à l'ovale parfait. Elle était belle, presqu'irréelle. Ses grands yeux verts, comme deux perles aux reflets chatoyants, s'irisaient et changeaient avec la lumière du temps. Elle était là! Moi, elle nos deux visages se superposèrent pour former qu'une seule image. J'étais son miroir ,elle était le mien. Il ne fallait pas me tromper. Je tendis la main pour pouvoir la toucher. Ma main rencontra, une surface froide, comme de la glace. Une paroi transparence, nous séparait, j'étais l'objet d'une illusion d'optique, c'était son reflet qui jouait avec moi. Je me surpris à crier son nom, seul l'écho de ma voix se répercuta sur les murs, je fus pris de panique devant ce constat, j'étais moi aussi prisonnier dans ce labyrinthe. Je restais longtemps accroupi dans la position des fétus, comme si le retour à la source de ma vie, allait me donner ma solution. Combien de temps, je ne pourrais le dire, dans ce monde même les heures sont virtuelles. Je me surpris à pleurer, elle était là et pourtant inaccessible. Est ce ma raison, qui me joue des tours ? Je voudrais tellement qu'elle soit réelle.

Lorsque tout au fond de mon moi, j'entendis une petite voix qui me dit:

«Allez Léo, la vie n'est pas faite, que de chimères. Va, lève toi!

J'aime celui qui rêve à l'impossible!»

Comme un coup de fouet, par ces mots, mon âme fut blessée et revitalisée. Il me fallut un moment pour rassembler mes idées et comprendre où j'étais. Dans ce monde où seule la pensée était le seul moyen de communiquer. Je me mis à penser à elle, avec force. Elle devenait mon obsession, et plus je pensais et plus les parois de verre autour de moi implosaient. J'errais comme une âme en peine , égaré dans ce milieu hostile où je n'arrivais pas à comprendre les indices qui pouvaient me montrer le chemin à prendre. Je tournais en rond, j'avais l'impression que jamais je ne sortirai vainqueur de ce Minautore immatériel dont je ne connaissais pas les points faibles et les motivations. Je commençais à désespérer lorsque, assis au milieu des débris d'un paysage d'apocalypse, je la vis ! Recroquevillée sur elle même, comme un enfant fragile, qui appelait au secours. Je tendis la main, pour être sûr de ma réalité, et je sentis la douceur de sa peau. Nos mains se frôlèrent, nos doigts, dans un jeu de rôle, n'osèrent se mélanger pour qu'ensemble, ils puissent faire un bout du chemin.

Elle me dit « Est ce toi, que j'attends depuis si longtemps. Ne sommes nous pas l'objet de nos illusions de nos attentes ». Je lui répondis : « je t'aime, je n'attends rien, laisse moi devenir ton TOI, juste vivre dans l'ombre de ta vie ». Nos mains, c'est le lien, qui devient la passerelle entre nos deux mondes infinis, qui font que mon mien devient ton tien ».

Doucement je lui dis sans vouloir l'effrayer :

« Sur les bords de ton visage en rêve je m'étais promené, par les monts et les rivages, solitaire je m'étais égaré »

Aujourd'hui vient et nous nous sommes retrouvés. Le temps me parut s'être arrêté et un silence lourd comme une chape de plomb s'était installé entre nous.

Lorsqu'elle me dit un poème de Michel P., d'une voix douce comme une musique émanant d'un violon :.

« Faisons le rêve fou de s'échapper de soi, faisons ce rêve fou hors de moi, brisons les miroirs ils corrompent les humains, faisons ce rêve fou de casser dès demain, faisons ce rêve sage à présent d'être soi »

Je sus à cet instant qu'elle partirait avec moi.

L'Amour ne peut disparaître

C'est l'essence de nos vies, de notre être

Même si aujourd'hui il vagabonde

Nos deux cœurs sont liés, comme dans une ronde.

Ensemble nous nous levâmes sans savoir où nos pas allaient nous diriger. Autour de nous, le chaos d'un monde irréel qui se voulait rassurant semblait vouloir nous engloutir pour pouvoir nous dominer.

Nous étions là, ma main dans sa main, je n'osais rompre ce lien , nous remontions le chemin sans savoir vers où aller . La lumière était rasante lorsque j'aperçus, sur le mur humide une trainée, une trace de doigts, ma trace qui comme le fil d'Ariane nous donnait la direction de la sortie. L'espoir était là. A cet instant tout devint flou. Ai-je perdu connaissance ? Ai-je eu un malaise ? J'avais tant donné ces derniers temps, la pression, l'émotion, je ne pourrais le dire. Quand un bruit, m'a réveillé, j'étais dans mon lit, un rayon de lune s'amusait sur mes draps. Elle! elle était là, allongée à coté de moi. Elle reposait sans bruit, de peur je n'osais caresser son visage endormi équilibre, entre la mort et la vie.

Rêve ou réalité je ne sais pas. Tout au fond de moi mon cœur battait la chamade, j'avais réussi ! Comme un somnambule je me suis levé avec une envie de prendre une feuille blanche et d'écrire comme je le faisais toutes les nuits. Un léger courant d'air souleva un morceau de voile déchiré, c'était ma Muse qui disparaissait en emportant les restes du miroir, qui comme les parois de verre ,s'était brisé.

Epilogue

Un mois passa j'apprenais à connaitre Patty. Son sourire illuminait mes journées.

Nous avions tellement de chose à nous raconter, tellement de temps à rattraper.

Patty me raconta sa vie, ses espoirs ses envies et, plus elle me parlait, plus j'avais l'impression qu'elle me racontait ma vie. J'avais trouvé mon double.

Un soir, assis dans le salon autour du tasse de thé, c'est elle qui me raconta son histoire, comme pour se libérer d'un tourment.

« Je venais de terminer ma journée et je n'avais qu'une envie c'était de rentrer chez moi .Il était aux environs de vingt et une heure. Je m'apprêtais à me coucher, lorsque j'entendis un bruit dans ma chambre comme un appel. Tout d'abord ce fut très léger comme une plainte. Je fis le tour. Rien, personne. Je regardais dans le jardin, là non plus personne.

La plainte avait cessé. Je pensais avoir rêvé. Je retournais dans ma salle de bains me préparer pour la nuit.

De retour dans ma chambre, la lumière s'était éteinte. Un silence lourd, plus un bruit. Le miroir s'éclaira d'une lumière violente et je vis au travers, un immense couloir. Sur le moment, la peur me gagna, je voulais crier, mais aucun son ne sortait de ma bouche. Et malgré moi, je fus attirée par cette porte ouverte vers l'au-delà du miroir. A peine franchit la porte, derrière moi, elle se referma sans bruit et je sus à cet instant que je ne pourrais plus revenir en arrière. N'écoutant que ma raison, je me suis dit ! « Il doit y avoir une sortie ». Quelqu'un va venir et plus j'avançais dans ce couloir et plus je comprenais que j'étais prisonnière de cet espace. Je perdis la notion du temps. J'étais dans un monde de musique et de poésie. Mon monde, j'avais crée ma propre prison et je compris que seule une personne ayant les mêmes affinités que moi pouvait m'en sortir. Il fallait que je puisse communiquer d'une manière ou d'une autre avec le monde extérieur. L'occasion se présenta un jour au travers d'un couple. Elle, elle faisait visiter les maisons pour les louer. Lui l'accompagnait, c'est par lui que j'ai pu, je ne sais comment, mais j'ai fait tomber plusieurs livres de poésie dans le salon. C'était John la suite, tu la connais, il connaissait tes gouts et tes difficultés. Il sut convaincre Beverly pour que tu puisses avoir cette maison.

Je fus heureuse que la maison t'ai adopté, mais je restais prisonnière. Après les mots ce fut la musique qui vint à mon secours, je me souvenais avoir lu un article de Reinhard Rietsch qui disait « que grâce au poème symphonique, la sonate se libère par la fusion de ses divers mouvements en un tout » La musique et en particulier la sonate était une des clefs de ma geôle. Et c'est ainsi qu' avec la complicité indirecte de France Musique, que le miroir s'est ouvert à toi sans pour cela me laisser sortir. Je pouvais te voir, sans te parler sans t'approcher et c'est comme ca et à cause de ça que j'ai eu l'idée de mes petits papiers. Je savais que par eux tu allais trouver !

Aujourd'hui je n'ai qu'un souhait, à te formuler !

Quoi? fis je un peu inquiet

Nous n'aurons plus jamais de miroir à la maison

Je lui répondis : « Je suis ton miroir, sur lequel ton souffle dépose une légère pellicule de buée. Page blanche éphémère qui me permet d'écrire d'un geste maladroit des mots dont seul ton cœur en connaît l'usage....je t'aime

Editeur : BoD-Books on Demand, 12/14 rond point des Champs Élysées, 75008 Paris, France
Impression : BoD-Books on Demand, Norderstedt, Allemagne
ISBN : 9782322102969
Dépôt légal : janvier 2018